MUERTOS O ALGO MEJOR

VIOLETA HERNANDO

MUERTOS O ALGO MEJOR

VIOLETA HERNANDO

MONTESINOS

Primera edición, 1996

Edición propiedad de Literatura y Ciencia ,S. L.
Diseño: Elisa Nuria Cabot
ISBN: 84-89354-29-4
Depósito Legal: B-10756-96
Imprime: Novagràfik, S. A. (Barcelona)
Impreso en España
Printed in Spain

A mis muertos...pasados, presentes y futuros

NOTA DEL EDITOR

Lo primero que pensé tras leer el manuscrito de Violeta Hernando fue esto: ¿Qué diablos hacía yo cuando tenía trece años? ¿Cómo empleaba el tiempo cuando no estaba en la escuela? Quizá porque han transcurrido tantos años desde entonces, los recuerdos no son muchos: algún partido de fútbol callejero; los cigarrillos marca Carmela que le hurtaba a mi padre; las ramas del algarrobo desde el que yo, Diego Valor, combatía a las huestes del Mekong; alguna película y bastantes libros: Walter Scott, Julio Verne, Mark Twain. Todavía no habían llegado ni los Beatles, ni Elvis Presley, ni los guateques, ni el alcohol, ni el seiscientos. Todavía no sabía qué cosa era eso de la droga y mis conocimientos sobre el sexo eran más bien rudimentarios. Era el mío todavía un mundo infantil en el que empezaban a insinuarse las aristas, entre anheladas y amenazantes, del universo de los adultos.

El mundo de Violeta Hernando es otro bien distinto. En él no caben ya ni la ingenuidad ni el optimismo; es un mundo desgarrado, violento, en el que es difícil vislumbrar cualquier tipo de esperanza. Es un mundo gobernado por el azar, en el que no es fácil hallar respuestas porque quizá no las haya. Es el mundo que ha heredado de unos adultos que han antepuesto el egoísmo y la mercantilización al amor y a la bondad. Es nuestro mundo, aunque no sea *todo* el mundo.

Es desde ese mundo que Violeta Hernando, que ha cumplido en febrero de 1996 catorce años, ha escrito esta novela. Es imperfecta, desde luego. Cualquier crítico riguroso lo constatará fácilmente, aunque, dicho sea de paso, no lo es más que la mayor parte de las novelas de autores jóvenes que ahora proliferan y que se inscriben con frecuencia en la lista de *best-sellers*. Pero, además, en este caso no podía ser de otra manera; habiéndola escrito con sólo trece años sería un disparate exigirle el difícil dominio de la arquitectura de una novela, cuando tantos adultos celebrados apenas lo consiguen.

Y aún así, *Muertos o algo mejor* es una novela fascinante. Lo es no sólo por la precocidad de su autora y la incógnita que plantea sobre un futuro que tal vez pueda ser importante, sino por los temas que aborda y su tratamiento. En ella se encuentran el viaje iniciático, de resonancias evidentemente literarias; la tentación y el peligro que se unen en una metáfora (la oscuridad) que impregna la novela; una angustia existencial que se manifiesta en la búsqueda de un sentido de la vida que se revela inexistente; la música, a través de un conjunto de letras de canciones que actúa a modo de banda sonora; la presencia constante de referentes que provienen de una cultura visual formada a través de vídeo-clips y películas emitidas en televisión; y una serie de destellos poéticos que iluminan el texto y le confieren, a tramos, un tono entre mágico y surreal.

Pero, sobre todo, la fascinación que *Muertos o algo mejor* ejerce radica en su carácter emblemático, en constituir un santo y seña de una nueva generación que llega al mundo en una situación de fragilidad sin precedentes, abocada a la oscuridad y al desamparo. Y en que, en cierto modo, constituye una radiografía de las *consecuencias*, ya visibles, de la sociedad que hemos construido los adultos.

Miguel Riera

"Oh, la ciudad
donde todo parece
tan cruel
si estás cansado
y lleno de lástima
de ti mismo.
Recuerda que sólo eres
una persona más
en este sitio.
Es difícil vivir en la ciudad."
Lou Reed, *Ride Into The Sun*

¿Conocéis Conway en Pennsylvania? Ya sé que no. Nadie lo conoce. Quién iba a conocer una sucia y aburrida ciudad olvidada en un remoto estado de América. Las calles silenciosas y húmedas. La gente paseando orgullosa sus caras de imbéciles. Nadie que nos pudiera dar algo; ningún puto tío con el que pasárselo bien, sólo paletos gordos y grasientos casados con horribles mujeres malgastadas, malhumoradas y criticonas. Todavía no comprendo cómo he podido estar veinte años soportando esa mierda.

Queríamos sentir la vida, vivir intensamente, sentirnos vivas. Buscábamos emociones y respuestas. Respuestas a todas y cada una de nuestras preguntas aunque algunas de éstas parecieran ingenuas. Allí no las encontraríamos. Así que decidimos largarnos.

–¿Qué dirección tomamos?
–Courtney Love y Los Ángeles –dijo Beth antes de robar la *Kawasaki* a su padrastro.

Elegimos el camino más difícil para escaparnos de todo, la carretera más tortuosa para nuestra fuga, pero en ésta encontramos multitud de cosas que nos hicieron sentir grandes.

En la puerta de aquel tugurio de *strip-girls* y músicos trotamundos había un cartel que solicitaba chicas. Necesitábamos dinero, así que entramos. Y allí empezó a surgir la oscuridad dentro de nuestras vidas. Esperábamos a que Katy acabara su actuación. Katy "*Maravillas*", como la llamaban todos esos hombres que la miraban. Luego le tocó a Beth deslizarse suavemente en el escenario...

Beth se contoneaba sensualmente y sonreía al quitarse la camiseta y el sombrero. Su actuación me pareció fantástica, pero aquellos viejos borrachos estaban demasiado ahogados en sus vasos para gozar de su baile.

Aquellos focos, aquellas luces y aquel olor nauseabundo de sudor y cerveza estaban acabando conmigo. Ligamos con un tipo que llevaba unas preciosas botas de cuero; bueno, más bien fue Beth quien ligó, porque yo no me comí un rosco. Fuimos a un motel. Mientras ellos empezaron a hacer el amor en el suelo de la habitación, yo me quedé fuera, esperando dentro del coche del tipo. Me pasé el rato mirándome en el espejo retrovisor y preguntándome por qué Beth y no yo. Registré el coche. Encontré una pistola. La cogí. Pensé que quizá nos sería necesaria. Ese tipo se había quedado sin pistola.

Al final dormimos los tres en la cama. Cuando me desperté sólo estaba Beth. El muy cabrón se había marchado sin decir adiós y sin pagar la habitación. Nosotras tampoco pagamos. A fin de cuentas nunca volveríamos a esa mierda de motel. El tipo se creía muy listo al largarse, pero nosotras teníamos su pistola.

No corras más. Él nunca va a venir a buscarte. Nunca aparecerá con sus botas de cuero y te dirá que te vayas con él. Pero tú eres fuerte. Puede que no te rompas nunca, puede...

Esta vez he disparado contra la ventana. La bala ha traspasado el cristal. Puede que la próxima vez dispare al perro o a mí misma.

> *"Echa a caminar... por la sesenta y seis*
> *si alguna vez quieres dirigirte en coche hacia el oeste*
> *sigue mi camino, toma la autopista, es lo mejor*
> *Echa a caminar... por la sesenta y seis*
> *Aprovecha... este consejo*
> *haz ese viaje...a California*
> *Bueno, desde Chicago...hasta Los Angeles*
> *hay más de tres mil kilómetros,*
> *así que echa a caminar... por la sesenta y seis..."*
> Bobby Troup, *Route* 66

La fiesta había empezado y el bar se hallaba lleno de gente. Todo estaba fundido en un ambiente cálido y a la vez refrescante. Corríamos el peligro de divertirnos demasiado...

Se oía una voz penetrante parecida a Eddie Vedder cantando *Summertime* de Janis Joplin. Era el cantante del grupo que tocaba esa noche. Pero qué más daba que no fuera Eddie Vedder, sus voces eran muy parecidas.

Una pelirroja llamada Alice, con pecas y una cicatriz que le cruzaba la cara desde la mejilla hasta la boca, se sentó a mi lado en la barra. Habló conmigo durante un rato. En general parecía normal, pero algunas veces desvariaba. Una de las camareras me contó que hacía tiempo un ácido había destrozado a Alice el cerebro y que desde entonces rondaba por el mundo bastante perdida. Me regaló un grasiento abanico de los Rolling Stones y a partir de ese momento no la volví a ver más. Antes de despedirse me dijo que tenía que coger el tren, un tren a ninguna parte.

Me senté en una mesa con una coca-cola y medio vaso de cerveza, pensando qué me tomaría primero. Se me unieron tres chicos. A uno de ellos ya le había visto antes, pero no lograba recordar dónde. El conocido me repetía continuamente que había sido en la carretera. Otro me advirtió que no tomara la coca-cola, pues le habían dicho que se hacía con un montón de mierda. El último decía que llenara el vaso de cerveza y me la bebiese. Al final hice lo que seguramente todos esperaban y ninguno decía: mezclé la coca-cola con cerveza y me la engullí de un solo trago.

Me levanté dejando atrás a los tres chicos estúpidos para mezclarme entre la gente que bailaba con las canciones del doble de Eddie Vedder. Buscaba a alguien que tuviera una conversación más interesante. No encontré a nadie que me gustara.

Pronto el grupo paró de tocar para hacer un descanso. Subí al escenario para hablar con ellos. Les dije que me gustaba su música y también lo que estaba buscando a través de mi viaje, una libertad que creo que por entonces ya estaba encontrando. Me contaron historias sobre niñas ingenuas que querían pasar la noche con ellos tras oírles cantar. Aquellas palabras me jodieron. Parecía que querían burlarse de mí. En el fondo sabía que les gustaba, pero los dejé allí plantados. No quería que me hicieran ningún favor y ellos se habían perdido que yo se lo hiciera.

Habíamos bebido mucho, pero a pesar de ir muy cargadas, Beth estaba como si nada. Un gordo asqueroso la ha estado sobando toda la noche y ella no se ha molestado ni en decirle que le quitara las manos de encima.

–¿Qué te ocurre? ¿Eso te gusta? –le dije, pero Beth ni siquiera me contestó.

Se me ha acercado un chico guapo y me ha preguntado qué tal me iba. Le he cogido la mano y le he dicho que me tocara. He encontrado su alma debajo de la mesa.

Habíamos encontrado el nido de serpientes que buscábamos. Un chico fuerte me ha salvado de las garras de un salvaje y me ha pedido que le quiera. Voy a quererle.

Bajo profundas miradas oscuras nos extasiamos. Hemos pedido que nos salvaran. Vamos a desnudar nuestras almas para que alguien las desee y las secuestre.

Mil vueltas damos a nuestros corazones heridos. Hemos dejado lejos a los chicos que no nos quisieron, a los chicos que nos hicieron daño.

Beth había desaparecido con el chico de la gasolinera y me dejó sola con la moto. Un tipo barrigón vestido de ángel del infierno se acercó a preguntarme si la moto era de mi novio. No tenía ganas de responder. Ese tío era un asco, pretendía ligar conmigo el muy idiota. Le dije: ¡Es de mi novia nene, búscate a otra chica para bailar!

Allí en el bar había un muchacho. Seguramente era más joven que nosotras. Luego me extrañó que Beth se hubiera ido con el de la gasolinera y no con ese. Era muy guapo. Me acerqué a la barra y pedí que me dieran algo. Miré la moto desde lejos. Parecía ya una de nosotras. Ese chico, el del bar, me dio una buena noche. Pero nunca supe qué hizo Beth con el tipo de la gasolinera.

Me pasé toda esa noche en el bar. Beth me había dejado sola con la moto. ¿Qué clase de amiga era? Cuando me disponía a subir en la *Kawasaki* para irme, un *Ford* de color gris paró frente a mí. Era Beth...

–Sube –dijo Beth.

–Muy bien. ¿Dónde has estado? Pensaba que te habría ocurrido algo.

–Pues mira, estoy perfectamente.

–¿Quién es éste?

–Me llamo Jim –dijo el chico que conducía, alargando el brazo y saludándome.

–¿Has pasado con él la noche, no?

Beth se encogió de hombros.

Cambiamos la *Kawasaki* del padrastro de Beth por un *Ford* y un chico con melenas. Yo también hubiera cambiado en ese momento todo por aquel chico.

–¿A dónde vamos?

–A Portland –dijo Beth.

–¿Por qué?

–Conozco a unos amigos allí. Portland os va a gustar –dijo Jim sonriente.

–¿Cuántos años tienes, Jim? –pregunté.

–Veintiuno. ¿Y tú?

–Veinte...

Confiamos en ese chico que apenas conocíamos. Beth decía que era un ángel que venía a ayudarnos. Yo siempre pensé que era la reencarnación de Jim Morrison...

A tres kilómetros de nuestras ruedas se encontraba el camino de vuelta a casa. Lo ignorábamos mientras cantábamos y bailábamos sin parar dentro del coche para ahogar de una vez nuestras penas.

"*¿Y a dónde se dirigen todas estas autopistas*
ahora que somos libres?
¿Por qué aún marchan los ejércitos
que vinieron a buscarme a casa?
Oh, dama con piernas tan bellas,
oh, desconocido al volante,
Estáis encadenados a vuestros sufrimientos
Y vuestros placeres son un punto final."

Leonard Cohen, *Stories of the Street*

No hemos dejado de beber, fumar porros y tomar pastillas desde que nos unimos a Jim. Es una nueva experiencia que nos hace ver la vida de distinta forma. Un viaje hacia nosotras mismas. Un viaje sin destino previsto.

> "*Extraña y hermosa hierba verde*
> *con tus majestuosos mares de plata*
> *Tus misteriosas montañas quisiera ver desde más cerca*
> *¿Puedo aterrizar con mi loca maquinaria?*
> Jimi Hendrix

Y ella gritó, gritó y me dolieron sus gritos. Quise reptar por todo tu cuerpo hasta llegar a penetrar en tu mente. Entonces colmé mis deseos con todo tu cuerpo, acaricié eternamente toda tu alma. Me he vuelto oscura para que nadie me vea y mis manos se saciaron de tus piernas y quedé envuelta entre tu pelo. Entonces pude ver cuánta oscuridad llevabas dentro. No voy a dejar que te vayas. No voy a dejar que desaparezcas. Voy a atarte con mi cuerpo. Voy a rodear todo tu cuello. Soy la serpiente de tus sueños, soy la serpiente del sexo, voy a reptar por todo tu cuerpo.

No consentiré que ella se trague la fruta. No quiero que le ocurra nada. Porque la quiero. Ella es yo y yo soy ella. Voy hacer que me obedezca. Sé que ella es la chica que deseas y no yo. Quiero acabar con ella, quiero que desaparezca. Pero no la odio, la quiero. Ella es yo y yo soy ella. Voy a hacer que me obedezca. Pero tú no dejas de acariciarla, no dejas de besarla, no dejas de hacer el amor con ella y conmigo nadie camina...

Quiero ser ella y no soy ella. Quiero ir donde ella y no voy donde ella. Quiero besar lo que ella y no beso lo que ella. Quiero estar con lo que está ella y no estoy con lo que está ella... ¡Maldita Eva! ¿Por qué ella y no yo? Soy la chica serpiente y repto, repto, repto....

Por el suelo estabas, por el suelo, arrastrándote desesperadamente como una humilde gata herida. Todo era azul porque tu lo teñías de ese color y era tu sucia oscuridad la que inundaba de heridas mi mente. Creo que no debería caminar contigo, porque harás que todo dé vueltas sobre nuestras cabezas. No quiero verte engullir hombres a diario, porque no creo que sepas controlarte. He estado deseando que él se me acercara. Voy a esperar a que todo llegue. Si yo fuera como tú podría acercarme y comérmelo. Pero no soy como tú. Voy a dejar correr mi mente estúpida. Voy a dejar que el destino siga su curso.

"Ayer bajó un ángel del cielo
Se quedó conmigo el tiempo suficiente para salvarme
Y ayer me contó una historia
sobre el dulce amor entre la luna y el mar profundo"

Jimi Hendrix, *Tercera piedra del sol*

A Beth no le gustaba estar comprometida, era incapaz de tener un acompañante fijo. Prefería ser libre. Conforme íbamos conociendo a gente, Beth desaparecía con algún que otro chico cada vez con más frecuencia. Pronto su relación con Jim se acabó. Y yo no pude entonces remediar que el triste y desconsolado Jim me atrapase con su belleza y me derretiese con sus manos. Todo, desde la primera mirada, las primeras palabras, todo indicaba que éramos dos ángeles caídos condenados irremediablemente a estar unidos.

Sus viajes me asustaban, sus sueños eran perversos y oscuros, pero le amaba.

–¿Has notado lo bien que se está contigo? –me dijo Jim.

Y allí mismo, nunca sabré en qué parte de USA estaba, Jim, el niño grande que amenazaba a Dios en cada uno de sus viajes, había decidido jugar conmigo un juego para adultos.

–Te quiero Jim.
–¿Aunque mis viajes te asusten?
–Aunque me asusten tus viajes.

La inocencia arrebatadora de Jim se encargaba de mantenerme feliz. La oscuridad que llevaba dentro nunca me había asustado y su eterno olor a marinero de sueños siempre me había gustado.

–Tiemblas cuando me tocas y sé por qué lo haces. Es por eso... sé lo que me ocultas.

Lo sabía hacía mucho, pero hasta este momento no lo había confirmado.

–¡Bésame, Jim!, me da igual a lo que sepas. Puede que mi cuerpo te necesite a ti y a ellas, además de necesitar tus sueños. Compartiremos mundos. El mío entre el día y la noche y el tuyo tan oscuro, demasiado lejos de la realidad. Pero ahora piensa ¿quién te hace sentir mejor? ¿dónde están ellas cuando las necesitas? Ellas están en un rincón, cuestan dinero, en algún frasco difícil de abrir. ¿Y yo, dónde estoy? Yo siempre estoy cerca, en alguna parte, pero cerca. ¡Vuelve a mí! Me beberé tus lágrimas como si fueran agua, estaré siempre cuando me desees. Y, en cuanto a los problemas, están las pistolas, aunque no sirven para demasiado. Estaré siempre para tragarme tus penas, para combatir contigo lo más oscuro. Ellas estarán allí para acabar contigo con un disparo; acabar tu vida, acabar tus problemas. Pero entonces no estarás vivo para sentirte bien.

Cuando yo tenía quince años y aún vivía con mis padres, conocí a un chico de la escuela que se llamaba Peter. Un día salí con el por la noche. Íbamos a un local al que solía acudir que se llamaba "*Nunca jamás*". Por el camino Peter se sacó un trip y me dijo: "*ahora vamos a volar, a volar nena*". Y volamos, volamos hasta donde pretendíamos llegar.

En el local había mucha gente joven bebiendo, fumando y bailando. Tocaba un grupo de heviatas llamados "*Los niños perdidos*" a los que conocí más tarde porque eran amigos de Peter. Estuvimos Peter y yo solos en una habitación sin ventanas. Soñamos un poco. Soñamos con piratas que intentaban matarnos, con hadas y sirenas. Un cocodrilo venía con nosotros y nos anunciaba el tiempo que nos quedaba.

–He perdido mi sombra. No tengo sombra; en cambio

tú sí que la tienes –dijo Peter llorando antes de despertar.

Nos pasamos toda la noche abrazándonos y besándonos y jurando que nunca nos separaríamos. Prometí no volver a casa nunca. Pero volví. A pesar de eso seguía metida en el mundo de Peter. El mundo oscuro de jóvenes oscuros. El mundo de nunca jamás.

–¿Dónde has dejado la pistola? –pregunté a Jim.

–La he tirado al water.

–¿Por qué?

–Porque quería verla flotar.

–¡Eres un idiota!

–La H me da valor, la O me orienta a una cadena de suspiros pasionales, la L me da libertad, libertad para correr hasta donde quiero llegar. La E me da energía, todo me lleva a un agujero, un agujero en la realidad. ¿Me oyes? –dijo Jim.

–Sí.

–¿Coño, dónde está la pistola?

–¡Me la he comido!

–Quieres dejar de decir chorradas, ¿dónde está?

–En ninguna parte, donde siempre, en mí.

–Mira, voy a agarrarte fuerte. No voy a dejar que camines solo. Vas a ir a donde voy o yo iré donde vas tú.

–¡Ven!

–Te voy a contar una cosa: el otro día iba lejos, donde las cosas dan vueltas y te parece ver a Mick Jagger por todas partes. ¿Sabes? Pues caminaba dando golpes sobre la acera cuando me encontré con Cris. Me dijo que había suficiente camino para correr, que podía llegar lejos. Me dijo que me quería; que lo quería todo, pero ¿y todas las mentiras que ando buscando?

–¿Qué piensas?

–Que me ha visto. Lo sé. Me ha estado mirando. He tocado su alma sedienta... He sentido tantas cosas. Ahora sé que no debo marcharme, pero quiero ir a por más...

–¿A quién has visto?

–Es igual, olvídalo.

–Te quiero.

–Yo también te quiero.

–Si me quieres ¿por qué hablas de otros chicos?

–Porque no tengo nada más que contar. Te quiero, te lo juro.

–Yo también te quiero. ¿Qué te dijo antes de irse?

–Me dijo que se marchaba.

–Te quiero.

–Yo también te quiero. ¿A dónde vas?

–A ninguna parte.

–¿Dónde estamos?

–Creo que en Oregón, o tal vez no –dijo Beth.

–Espero que no hayamos ido hacia el sur y estemos en Nevada.

–¿Por qué?

–Por que no me gusta Nevada, hay demasiados tahures por metro cuadrado.

–Creo que eres demasiado radical.

–Yo también lo creo. ¿Qué le pasa a Cris?

–Lo mismo que te pasaba a ti hace un rato. Seguramente despertará pronto.

–¿Seguro que no está muerto?

–No, no está muerto, tan sólo lleva un cuelgue de cojones

–¿Qué piensas hacer?

–Ahora mismo me gustaría que me ayudaras a cargar con Cris. Estamos en medio de la carretera y no pienso quedarme aquí para siempre –dijo Beth.

–¿Qué ha pasado? ¿Cómo hemos llegado aquí?
–Bien, Te explicaré. Habíamos quedado los cuatro...
–¿Los cuatro? ¿Y qué ha sido de Jim?
–Se quedó en casa. Se encontraba enfermo. Sólo hemos venido tú, yo, Cris y Joe, bien, ¡déjame que siga!... Habíamos quedado en las puertas del Hendrix Bar. Cris iba a llevarnos al burdel donde trabajaba para presentarnos a unos amigos. Llegamos a la una aproximadamente sin habernos entretenido en ninguna parte. El local estaba lleno. Casi todos eran chicos. Había sólo alguna chica con cara de basura, pero eso no importaba. Al fin y al cabo allí todos eran lo mismo. Nos pusimos de droga y cerveza hasta el cuello. Me jodía mucho que se acercara alguno de aquellos imbéciles que luego iría esa noche de putas y que me dijera guarradas absurdas de esas que se dedican a las zorras.

Menos mal que estaba Cris a mi lado para mandarle a la mierda y decirle que allí el único puta era él. Cris me gusta mucho, pero siento lastima hacia él por la vida que lleva. Y pensar que tenía que joder con aquellos tipos tan asquerosos sin ser ni siquiera marica.

Joe estaba enganchado a ti como una lapa. Te estuvo sobando y besando todo el tiempo hasta que te fuiste con un chico guapísimo de pelo largo. Creo que era amigo de Cris y también trabajaba en el burdel. No te vi durante toda la noche desde que te fuiste con aquel chico. Luego volviste bastante más borracha de lo que estabas y con dos porros asesinos que por poco os matan a ti y a Cris. De madrugada, un tipo gordo que decía ser amigo de Cris se ofreció a llevarnos a casa, pero no hemos llegado aún. El muy cabrón al no acceder a las guarradas que nos pedía nos ha dejado aquí tirados.

Beth me preguntó: ¿te acuerdas de lo que hiciste con ese chico o ni siquiera sabes de qué chico te hablo?

–Sí que lo sé. Hablamos. Ese muchacho además de guapo era listo, educado y amable; aunque para ti esos adjetivos nunca coincidan en un tío. Sin embargo, él los tenía todos. Hablamos y hablamos sin parar sobre lo qué hacíamos todos esa noche en ese antro y sobre esta mierda de mundo. Hablamos de su asquerosa vida y de la mía. Hablamos sobre oscuridad, mierda y muerte...

–Sí, ya, de lo que hablas con todos ¿no?

–Sí. ¿Y a ti qué más te da? Bueno, lo importante es que después nos besamos, nos acariciamos, bebimos y nos pusimos de mierda hasta el culo...

–Supongo que para ahogar las penas...Y luego bajaste para ahogar aún más de mierda a Cris.

–¡Fue maravilloso!

–¿Y cuánto te cobró por comprenderte y quererte durante toda la noche?

–¡Vete a la mierda!, estoy segura de que aún me quiere.

Estos nuevos *nosferatus* llegaron como la noche, fieles y distantes de los seres de esta tierra. ¿Su propósito? Mejorar sus vidas. Nunca nadie comprendió lo que verdaderamente buscaban. Ya solitarios llegaron, oscurecía el día entre tormentas, y pasaron por los mares más profundos buscando más víctimas para sus propósitos comerciales ofreciendo paraísos artificiales.

–¿Qué coño es esto? –preguntó Alice.
–La droga de la felicidad –dijo el tipo.
–¿Y la vendéis así? ¿Es legal o qué?
–Antes sí, ahora ya no.
–¿Por qué?
–Yo qué sé, a mí sólo me dijeron que la siguiera vendiendo.
–¿Lo has probado?
–Sí.
–¿Y qué?

–Es afrodisíaco ¿Quieres probarlo?

El tipo, un hombre que aparentaba unos treinta años, con una americana negra, unos pantalones de cuero y un gran sombrero de cowboy, puso en la mano de Alice una pequeña píldora blanca y verde.

–¿Tiene algún tipo de prospecto?

–Sí.

Alice leyó rápidamente el prospecto de colores vivos. En aquel papel de propaganda se veía una mujer con una enorme caja que parecía de detergente. *Super K*, se llamaba aquel "detergente". La mujer parecía decir: "*¡Tómatelo!, lava todas tus penas. Una nueva manera de mejorar tu vida*".

–¡Qué coño, esto es un antidepresivo!

–¿Y qué, es que acaso no estás triste?

Alice no contestó. Se metió la píldora en la boca, bebió agua y le sonrió.

–Aún no me he presentado. Me llamo Alice. ¿Y tú vaquero, cómo te llamas?

–Me llamo Neil. Neil Youg, como el cantante. ¿Qué tal te sientes?

–Como antes ¿A dónde te diriges? –dijo Alice.

–A Chicago.

–¿Puedo venir contigo?

–Ya te decía que era afrodisíaco.

–¿Puedo o no?

–Si quieres.

–Pero voy de viaje de negocios.

–¿Llamas negocio a traficar con esta mierda de antidepresivos?

–Sí.

Poco tiempo después, el tren donde viajaban llegó a

Chicago. Alice no tenía a dónde ir, así que decidió por el momento continuar con Neil. Se colgó la mochila en la espalda, se cogió del brazo de Neil y se dejó guiar por aquel tipo al que apenas conocía; uno más de los muchos con quienes había estado y que pronto, como los otros, la abandonaría.

"*Una píldora te agranda*
y una píldora te achica.
Las que te da tu madre
no hacen absolutamente nada.
Ve y pregúntale a Alice
cuando vuela a tres metros de altura"

The Jefferson Airplane, *White Rabbit*

Hacía unos días que por fin habíamos llegado a Portland. Jim nos había presentado a sus amigos. Aquel día quedamos en ir a ver a Mike. Llegué a la hora de siempre, con el pelo despeinado y la mente despejada y, como de costumbre, con un poco de suciedad en el alma. Las ventanas dejaban paso a un resplandor que alumbraba la cara de Mike, que recitaba poemas de Whitman con un tono de actor shakespiriano y aspecto de soñador loco:

"Llévame contigo cuando partas, por tierra o por mar;
porque me basta tocarte,
porque así, tocándote, podría dormirme dulcemente y ser llevado por toda la eternidad."

A su lado estaba Dave vestido de Cristóbal Colón, bailando y jugueteando al son de los versos que recitaba Mike a su antojo. Vi pasar un ángel violeta entre los dos, pero creo que tan sólo fue un sueño. Me quedé mirándoles pensando que nunca me adaptaría a ellos, pero luego se acercó Dave y me dijo que me les uniera porque formábamos un equipo de almas gemelas.

Los dos me llevaron a una casa. Creo que era la de Mike. Allí había un inmenso desorden: discos, instrumentos musicales, papeles, revistas, trastos... y drogas desparramadas por la mesa. Dos chicas hablaban sobre hamburguesas y comida basura.

Una abrazaba a un osito de peluche rosa y sucio; la otra, que tenía el pelo teñido de azul y se parecía mucho a Debby Harry-Blondie, llevaba una flor amarilla sobre la oreja derecha y sonreía bobaliconamente cada vez que la miraba. Era la novia de Mike. Más tarde mantuvieron una conversación sobre oscuridad. Decían que el tiempo olía a esperanza y que la esperanza apestaba a mierda. Cuando se colocaban jugaban a formar frases hechas e intentaban hacer crucigramas mientras todo les daba vueltas y las líneas de los cuadraditos se convertían en serpientes rosas con acento francés que hablaban de Dios y mentían hasta matar todo tu tiempo.

"Llévame a un viaje en tu mágico barco giratorio
me he despojado de mis sentidos, mis manos ya no sienten,
mis pies están demasiado entumecidos para andar.
Espera que mi barca deje de dar vueltas.
Eh, señor tamborilero, toque una canción para mí.
No tengo sueño y no hay ningún sitio dónde ir."

Bob Dylan, *Mr. Tambourine Man*

–Dónde estabas cuando te necesitaba.

–En ninguna parte.

–De eso me quejo... En ninguna parte.

–Estaba ciega.

–¿Qué?

–Estaba ciega en el viaje.

–¿Qué viaje?

Cuando volvimos del concierto, había miles de cosas que nos impedían ir hacia adelante. Todo estaba inmerso en un ambiente verde pálido y me sentía muerta. Jim había vuelto a coger su *barco giratorio* y se había llevado consigo a miles de chicos inocentes. Me había prometido que nunca más volvería a subirse, pero se subió y me ahogué con él en el viaje.

Empezó a hablar de trenes, de naves moribundas y de esa mierda de *tamborilero*. Dijo tres numeros –1, 2, 5– y me abrió la puerta del agujero.

–¿Qué ha pasado con ellos?
–Él ha muerto, ella se ha quedado sola. Les vi en mi viaje.
Volvían a cantar juntos, estaban envueltos por sueños oscuros y un montón de mierda de esa. Ella estaba sucia y triste y sus manos volvían a estar frías.

Unas horas antes él estaba bien. Contaba una historia sobre una pistola y un diablo. Decía que el diablo le hacía ser grande y luego pequeño. Más tarde le entregó una pistola y ahora está muerto.

Ambiente de novela negra: taxis de Chicago, pistolas, disparos, oscuridad y *El fantástico hombre bala* buscando muerte en el corazón de alguna dama.

Así era como Jerry Shotman intentaba alejarse de aquello que le había hecho perder. Y en cuanto tenía frío buscaba a alguien, alguien que se marchaba después de satisfacer los deseos del fantástico hombre bala.

Jerry sabía que alguna vez aquella dama muerta que le había amado y él amaba volvería para agradecerle todo lo que había llorado por ella, pero temía que fuese demasiado pronto y ella averiguase la verdad de todo.

Alice buscaba por otra parte algo que había perdido, sin embargo no sabía qué ni cuándo lo había perdido. Porque una droga le había destrozado la mente y ahora está algo loca. Por este motivo ningún hombre se quedaba demasiado tiempo a su lado. Pero ahora la sonrisa inocente de aquel muchacho guapo y tierno que se acurrucaba entre sus pechos le hacía sentirse acompañada, aunque temía que ese sentimiento fuera el que le impedía recordar lo que había perdido.

Un buen día Alice coincidió con Jerry Shotman en el metro. Desgraciadamente Jerry estaba de mal humor y con un balazo en el muslo izquierdo.

–¿Se siente perdido, verdad, o siente que está perdiendo algo?– dijo Alice.

–¡Me siento muerto! Pero lamentablemente yo me siento muerto cada momento del día, cada pequeño instante de mi miserable vida.

–¡Ah!, yo también siento hace tiempo como si hubiera perdido algo.

–Quizá esa sensación sea porque a lo mejor usted perderá algo. ¿Quieres perder algo? ¿Quieres perder algo, cariño? ¿Quieres perder algo, zorra?

Shotman atravesó el corazón olvidadizo de Alice con un disparo sin pensar un momento que ella sería otra de aquellas almas de damas muertas que le atormentaban cada instante del día.

Poco rato después, mientras era perseguido por la policía dentro del túnel del metro, acabó la vida de *El fantástico hombre bala* en un espléndido resplandor producido al pisar el cable de alta tensión.

Roy guardaba todas sus cosas en una maleta para correr detrás de algo o alguien, para agarrarse a algo.

Mike en su habitación consumía coca ansiosamente. Roy veía a su hermano cada vez más parecido a un gran aspirador de porquería; muerto, ya casi sin vida.

Junto a la puerta de salida, se imaginaba un gran agujero por el cual tenía que saltar para poder escapar de este sucio mundo. Con una pistola cargada y un montón de balas asesinas en los bolsillos dejaría atrás toda su mediocre desesperación.

–Adiós –susurró antes de traspasar la puerta.

"Por la calle me cruzo con gente solitaria
Esperando una razón"
Iggy Pop, *A tu lado*

Un chico que se cruzó con nosotras en la calle me hizo recordar a Cris. Un buen día desapareció de repente. Nos dijeron que se había marchado de Idaho o lo había raptado un tipo rico. Después de un tiempo recibimos en Portland una carta suya diciendo que estaba harto de la basura de vida que llevaba allí y que por eso se había marchado.

"Me cuida bien, me quiere y creo que yo también le quiero a él. Ha dejado a su esposa por mí, ¡por un jovenzuelo de 22 años! Él es diferente a los demás. No es como aquellos tipos de carretera sucios y violentos con los que tenía que pasar la noche. Él me deja hacer lo que quiero".

Recordé como él decía que si te aficionas demasiado a eso acaba gustándote. Quizá esta vez el corazón disléxico de Cris se haya alumbrado al descubrir por vez primera la felicidad. Recordé cuánto le gustaban el desnudo de la venus de Boticelli y el cuadro de *Las medidas del hombre* de Leonardo da Vinci. Siempre llevaba con él los recortes de esas dos imágenes. Recordé también la piel suave de aquel chico guapo y triste, con su inocencia arrebatada, que ya no volveríamos a tocar.

"El barco de cristal se está llenando
de mil chicas, de mil emociones,
de un millón de formas de pasar tu tiempo.
Cuando regresemos tomaré una línea"
The Doors, *Crystal Ship*

Jim seguía bebiendo. Navegábamos en un viaje envuelto de sueños oscuros. Su barco estaba lleno de chicos, grandes y pequeños; chicos inocentes con cara de idiotas que intentaban añadir algo interesante al viaje.

Jim hablaba de sus amigos y repetitivamente, como siempre, nombraba al absurdo *tamborilero*. Luego se refería a mí y mis canciones. Allí estaban Mike y su novia Elian, embelesados por la frágil y oscura inocencia de Jim, que ahora no tenía tiempo ni para sonreír. Elian me agarró fuerte del brazo y me dijo que no me marchara, que conmigo se sentía más segura. Conversamos durante un rato, pero sus hermosas frases ahora estaban demasiado ahogadas para cobrar un poco de vida y tener sentido.

Mike volvió a sacar de nuevo el tema de la oscuridad,

pero ahora en sus historias salían diablos y pistolas. La mierda le había bajado hasta el culo y con ella había arrastrado todo lo que habitaba en su cabecita.

Mike se levantó y gritó: ¡Mirar, esta es la pistola que me entregó el diablo!

Uno de los que estaban allí dijo: entonces porque no acabas ya con todos y destruyes este barco de mierda.

Sí, podía hundir este barco, aunque luego tengamos que naufragar por la realidad.

"Encuentra
el precio
de la libertad
enterrado en el suelo
La Madre Tierra te tragará.
Haz que
tu cuerpo
descanse."

Stephen Stills, *Find the Cost of Freedom*

La superficie donde estoy encerrada es de un color ocre intenso. Soy una pequeña muñeca rota y aturdida caída desde lo más alto y encerrada dentro de un agujero hondo y oscuro. Yo sé que algún día tendré que morir, pero será sola. Estoy acompañada por este extraño chico de pelo negro. Está inmóvil, frío, muerto... muerto. Qué inocente, creía que iba a ser el más fuerte. Qué asco, este idiota cada vez huele peor. ¿Por qué no se esfumará? ¿Por qué no me dejará sola?

Estoy harta de cargar con su cabeza. Por qué ha tenido que caer conmigo. Tengo miedo. Pronto este tío hará que vengan miles de gusanillos que se lo comerán y cuando acaben con él seguirán conmigo. Creo que antes habré de alimentarme de sus brazos. Tengo hambre y será la mejor manera de deshacerme del cuerpo. Pero no puedo hacerlo. No sé si es por remordimiento o porque me da asco. Esperaré un poco. Puedo aguantar algo más sin comer. Pero si no me lo como ahora se pudrirá y me quedaré sin comida. No sé qué hacer. ¿Pasar de comerme a este apestoso tío y morir junto a él, o comérmelo y esperar sin hambre a que alguien me saque de aquí? Si decido comérmelo pueden ocurrir dos cosas: quedarme satisfecha por mi cena y esperar a que venga alguien a sacarme de este agujero; o termino de comérmelo y que nadie venga a rescatarme y por tanto esperar mi propia muerte.

La tierra estaba húmeda y ya empezaba a estar cansada de tener frío. El chico seguía inmóvil. Tan sólo me atrevía a acariciarle. Estaba empezando a tener miedo. Esa situación cada vez me daba más asco al mezclarse los olores enfermizos de muerto, sudor y excrementos. Mi estómago se removía lentamente y tenía unas ganas tremendas de escapar de todo. ¿Estaré yo igualmente muerta?

A pesar de mis náuseas, tuve valor para cantar una canción de Nirvana donde se mezclaban trozos de otras canciones. Era lo menos que podía hacer. Todo me daba vueltas.

Desde arriba se oyó algo. Alcé la mirada para poder ver qué era. Mis ojos apenas veían, pero pude reconocer la silueta difuminada de una chica.

–¡Ayuda! Por favor! –grité.

La tía me miraba con cara de tonta, como si no supiera de qué le estaba hablando. Si hubiese tenido una pistola le habría disparado. El problema era que en ese caso seguiría sin poder salir. Pero, claro, si hubiese tenido una pistola habría acabado ya con todo esto pegándome un tiro. Así se acabaría esta asquerosa situación. También podría quedarme esperando a los gusanos y luego pegarles un tiro a todos, pero creo que no habrían balas suficientes. Y lo más absurdo: me hubiese podido comer la pistola.

–¡Ayuda, joder! –volví a gritarle.

La chica se marchó sin decirme adónde se iba. Más tarde escuché que venían los bomberos. Nos sacarían de allí, a mí y a mi querido muerto.

La sirena de los bomberos al pasar por delante de nuestro motel me despertó. Estaba empapada en sudor y tenía la boca seca. Jim apoyaba su cuerpo sobre el mío. Pesaba como un muerto. Ciertamente mis sueños no eran como los de Little Nemo.

Nos enteramos por la televisión de tu muerte, River Phoenix. Te habías metido en el cuerpo todo lo que podías hasta reventar. ¿Por qué lo hicistes si tenías todo? Pensé que nunca me había dado cuenta de lo que realmente significabas para mí mientras vivías. Eras un mito, un gran mito. Observé muchas veces tus fotografías y era como si te conociese: esos ojos con esa mirada tan profunda, pobre corazón sin vida. Ahora que ya no existes, que ya no vives es cuando más te amo, como un sueño. Tú nombre era un paisaje como tú: un río seductor al que me hubiera lanzado. Ojalá pudieras escucharme, pero antes no lo hubieras hecho y ahora ni tan sólo puedes...

Jimi Hendrix, Janis Joplin, Jim Morrison, River... Querían que su vida fuera intensa y fugaz y por eso se la apostaban cada día con la Muerte. Demasiados héroes muertos para no estar tentados por el suicidio.

La chica del bar donde nos reuníamos siempre nos preguntaba quién era Coyote. Una chica limpia y dulce como esas pavas que salen en los anuncios de compresas. Era una auténtica plasta que siempre hablaba de su mejor amiga y de las cursiladas a las que se dedicaba. Nos había escuchado hablar de Coyote de vez en cuando y tenía que ser muy tonta para no saber que era quien nos suministraba droga.

–Bien, Coyote es un tipo algo raro, aunque tiene un buen corazón donde guarda un terrible pasado que le atormenta cuando está solo. Su verdadero nombre es Santos, sin embargo no sabemos por qué extraña razón todo el mundo le llama Coyote. Se gana la vida haciendo felices a los demás, pero tan sólo vende droga a personas muy especiales. Coyote no es un camello vulgar.

Coyote no tiene una personalidad propia: la va obteniendo

de los demás a cambio de un poquito de droga barata. Acude a nosotras para que le contemos cosas, para contagiarse un poco de nuestro oscuro espíritu. A veces nos roba esperanzas, otras nos arrebata de los labios venganzas, muchas veces le regalamos amor. Nosotras le daríamos todo eso gratis, pero insiste en gratificarnos de alguna manera. No sé si eso lo hace con todo el mundo, pero creo que sí.

–Ten cuidado, es como un vampiro, puede arrebatarte todo lo que llevas dentro y eso sería terrible. Tenemos amigos que se han quedado como un vegetal por su culpa, ¿verdad?

–Sí –contestó Beth–. Nosotras siempre tenemos cuidado con lo que le damos –añadió.

Habíamos asustado a la pobre chica exagerando sobre Coyote, pero además de habérnosla quitado de encima, quizá la habíamos apartado un poco de la droga.

Roy, el hermano pequeño de Mike, en su infancia había encontrado la pistola de su padre en el fondo de un cajón de la cocina. Roy y sus amigos habían leído un libro sobre piratas, así que planearon reunir un tesoro y enterrarlo en un lugar secreto del jardín. Roy puso la pistola junto con algunos de los juguetes viejos de sus amigos.

Mike se volvió loco buscando la pistola. Un día, años más tarde, recibió una carta de su hermano Roy que hablaba de piratas que navegaban por los mares del sur y un tesoro que habían escondido en una isla muy verde. A Mike se le iluminó la mente. Buscó y rebuscó por todo el jardín hasta que por fin logró encontrar la pistola enterrada, pero esta vez ya no le serviría para matarse como había pretendido la otra vez.

"Suspiro
Por ver a mi heroina
Suspiro
Llevo horas y horas muriendo
Camina tan bella como la noche
Hipnotizando al silencio con sus poderes...
Llevo horas muriendo y nadie lo sabe
Oh, pero no estoy solo
Porque ahora estoy con ella y nadie lo sabe"
Suede, *Heroine*

Esmeralda retorcía entre sus piernas su osito de peluche rosa y sucio mientras tarareaba desconsoladamente la canción que había cantado Donita: *"Voy a dejar que se os congele el alma, pero antes os amaré hasta que todo acabe."*

Reinaba una mirada triste y turbia bajo el rizado pelo oscuro de Esmeralda. Por la puerta entró Sam, el novio de Esmeralda que trabajaba en el bar de enfrente. Le acompañaba su perro Clauss, que llevaba en la boca un paquete azul con un lacito verde un poco roto. Clauss depositó el paquete en las manos de Sam, quien entregó el paquete a Esmeralda junto con un beso. El regalo estaba todo baboseado por Clauss y Esmeralda intentaba, con una falsa sonrisa para disimular su asco, abrir el paquete.

Elian bajó de la habitación con tan sólo una camiseta a rayas negras y el pelo despeinado.

–¡Fuera! No quiero perros en casa –dijo Elian al ver a Clauss.

Esmeralda y yo miramos a Elian y luego a Sam. Las dos pensábamos que era buena idea echar a la calle a ese chucho baboso y feo.

No teníamos nada contra los perros. Al contrario, nos gustaban bastante. Tampoco teníamos nada contra Clauss. Tan sólo nos molestaba que un perro estuviera baboseando la alfombra que nos había vendido el paquistaní de la calle Break a buen precio.

Sam hizo un gesto con los ojos indicándole a Esmeralda que abriera el regalo. Deshizo el paquete rápidamente. Tras apartar el envoltorio a la vista de todos, pudimos ver lo que había y... ¡joder!, ese tipo le había regalado una bolsita de heroína de la buena.

–¡Mierda! ¡Joder! ¿Qué significa esto? ¿Quieres que me envenene?

–No, creía...

–¡Creías qué, joder!

Todos nos sorprendimos. Al parecer a Esmeralda le había molestado que le regalase la heroína. Era curioso, pues Esmeralda hacía todo lo que fuera por meterse algo de mierda en la sangre. Por alguna razón el regalo de Sam la había irritado. Sam se molestó aún más tras la respuesta humillante de Esmeralda y se marchó sin decir adiós.

Esmeralda nos miró esperando que asintiéramos que su reacción era la correcta, pero ninguna de nosotras dijo nada. Entonces con cara de no haber dormido dijo: ¡Bueno ya está hecho, qué más da! Voy a meterme esta mierda porque si no voy a explotar.

Y se inyectó la heroína en el muslo derecho.

Elian y yo hicimos un gesto de horror y al mismo tiempo de asco mientras nos miramos.

–¡Dios! Me voy, esto apesta –dijo Elian

De repente Esmeralda se desplomó en el suelo.

Poco después un doctor amigo nos diagnosticó su muerte por sobredosis de heroína. Todo fue tan rápido que no nos dio tiempo ni para llorar. Elian estaba tan blanca que parecía que también hubiera muerto. Yo seguía con mi cara de susto mientras acariciaba la mano inerte de Esmeralda.

Y ahora ¿quién coño le dirá a sus padres que ha muerto? ¿Quién coño conocía a sus padres? ¿Tenía padres?

Desaparecimos un tiempo de las calles de la ciudad pensando que así nos sentiríamos menos culpables por todo lo que había ocurrido.

–He llamado al día para que nos ayude a salir de ésta, para que disuelva las sombras de nuestra permanente noche.

–¿De dónde tenemos que salir?, estamos bien.

–No lo estamos.

–Dejaste la puerta abierta invitando a traspasarla a cualquier hombre que pudiera darnos algo. Muchos no salieron bien parados al ofrecer dinero, sexo o drogas...

Pero...entonces tuvo que aparecer él, con un barril lleno de oportunidades y una boca que servía para algo más que hablar. Su boca traía satisfacción junto con un poquito de oscuridad.

Entonces el ángel violeta llamado Jack *El malo*, traficante de sueños, apareció junto al chico regalándonos un gran agujero para nosotras solas. Y nosotras, sin pensar por un momento el motivo de esa visita, nos agarramos a unas manos que iban a romperlo todo dentro de nuestras almas.

"Te envolverá en sus brazos
Y te dirá que ha sido un buen chico
Reavivirá todos los sueños
Que te costó una vida destruir
Meterá la mano hasta el fondo
Y curará tu alma encogida
Pero no podrás hacer nada...
Lo verás en tus pesadillas
Lo verás en tus sueños
Aparecerá de la nada
Pero no es lo que parece...
Tú eres sólo un eslabón microscópico en su plan catastrófico
Ideado y dirigido por su mano derecha roja"

Nick Cave, *Red Right hand*

Con voz cálida y persuasiva Dee intentaba decirnos algo. Mientras, Jim buceaba por su propio mar de dudas y me acariciaba las piernas.

Sujetando una hermosa copa de cristal, yo sonreía inútilmente para despertar de una especie de sueño triste por el que estábamos navegando borrosamente.

Una especie de bailarina misteriosa se alimentaba de nuestra inconsciencia danzando entre nosotros. Nos hacía creer que no estábamos soñando.

Y ese vino del que estaban llenos nuestros cuerpos nos hacía verlo todo extraño y relajado, de un rojo pálido que nos advertía que nos debíamos rendir ya. Cuando intentábamos escondernos de esa maldad que llevábamos dentro, la bailarina misteriosa nos envolvía con una gran capa de raso negra y pétalos rojos de rosas tiernas y frescas que se convertían en grandes gotas de sangre.

Y cuando empezamos a gritar pensando que ya estábamos muertos la sangre empezó a saber a vino.

–Chicos deberíais marcharos pronto, van a venir visitas.

Nadie la quería. Bueno sí, tenía a alguien, pero estaba más colocado que ella, más loco que ella, más muerto que ella.

Entre la puerta la veías desgarrarse y llorar. A pesar de todo ella cruzaría océanos y traspasaría montañas para traerle su amor, traer ese amor oscuro a ese Mike casi muerto y aún eternamente soñador.

Elian abrazaba el osito rosa y sucio de esa difunta comedora de hamburguesas y drogata de Esmeralda. Serpientes rosas, serpientes giratorias, matar todo mi tiempo, mentirme para siempre –decía mientras se arrastraba por la habitación buscando algo que se pareciese a él.

Se levantó por la mañana, se miró al espejo y vio de nuevo a esa miserable criatura que tanto odiaba. Apestaba a pescado crudo, como el sucio y gordo de Jack con quien había pasado la noche.

"*Dame*
Tu amor sucio
Como si te entregaras
A un dragón en tus sueños
Dame tu amor sucio
Como un panfleto descuidado
En el último cajón de tu papá"

Frank Zappa, *Dirty Love*

Coyote se había llevado todas nuestras venganzas y, al mismo tiempo, nos había desplumado a cambio de un poquito de morfina. Decía que eso sujetaría más que nunca nuestras venas por el camino, pero ni yo ni Beth estábamos convencidas.

Beth se había puesto el vestido más bonito que tenía, pero lo había manchado de sangre al chutarse de camino a la fiesta.

Tenía a Jim sobre mi falda soñando con galletas amarillas y pájaros con cara de pez. Viajaba por las penumbras de su mundo mientras le acariciaba. Mike conducía. Con aspecto de dandy medio muerto iba cantando canciones de Leonard Cohen. A su lado estaba Dee indicándole el camino para llegar a la fiesta.

–Es un sendero muerto –decía– lleno de oscuridad, que es lo que nos gusta a todos.

Mike le sugirió que se callara, que mejor que no sacase el tema. A Mike le gustaba la oscuridad tanto como a mí, pero odiaba que empezáramos a hacer metáforas sobre las sombras de nuestras vidas. Odiaba nuestra absurda ironía.

Esa noche Dee iba a presentarnos a Donita, una cantautora latina con aspecto de vivir en Seattle, que todos deseábamos conocer. En el fondo todos allí teníamos aspecto de vivir en Seattle. En realidad Beth y yo habíamos nacido en una ciudad de Pennsylvania, aunque desde los 15 hasta los 18 años habíamos estudiado en Nueva York y frecuentábamos el mundillo de clubs nocturnos, música rock y colgados del Soho y Chinatown. Jim había nacido en Nueva Orleans, pero desde muy joven se había escapado de casa para vivir en Portland (Oregón). Mike era de aquí, de Portland. Y Dee venía de San Francisco. Formábamos un extraño grupo siempre unidos por la oscuridad de este mundo...

Jim se despertó y quitó su cabeza de mis piernas, se levantó y dijo: tengo ganas de mear.

–Yo también –repitió Mike.

–¿No podéis aguantaros un poco? –comentó Dee–. Ya casi estamos llegando.

Paramos para mear. Apenas había luz, pero a ellos no les importó salir del coche y meterse en el callejón. Daba la impresión de que en cualquier momento iba a surgir alguno de esos tíos raros que salen en "*Expediente X*", pero no salió nadie. Beth se había quedado dormida y Dee se estaba maquillando de nuevo. Bajé del coche un rato porque me estaba empezando a marear. Necesitaba respirar aire puro, pero lo único que respiré en aquel callejón oscuro fue olor a meado, vómito y a toda clase de comida podrida para gato callejero. Todo estaba oscuro. Tuve la impresión de que nos estábamos equivocando de camino y que nunca llegaríamos a la fiesta.

Era un recuerdo oscuro y doloroso que a pesar de los años siempre volvía:

El sol brillaba sobre la bella Dee mientras sonreía para demostrar que también podía ser feliz. Un mar de tormentas se la llevaba lejos, pero ella seguía sonriendo. Nadie acabaría nunca con su grandeza. José intentaba conducirla hacia donde seguramente estaría mejor, pero ella se resistía y prefería seguir atormentada. El mismo *Demonio* que horas después se comería el mundo había penetrado riendo a carcajadas en sus entrañas.

–¿Quién se atrevió a atormentarla?

–El *Demonio*.

Susurros, susurros para caer en el agujero. Ella le miraba las piernas y se preguntaba ¿Hay hombres en la vida con esas piernas? Creyendo ser débil se dejaba poseer por el *Demonio*.

–¡Bésame maldito *Diablo*, pero piensa que me vas a matar! –decía ella mientras cerraba los ojos.

Es lo que quiere, pequeña, un hombre malo nunca cambiará. La naturaleza de los hombres es ser malos, aunque hayan excepciones.

–Pero él no es un hombre.

–Es el *Diablo*.

Su naturaleza es ser malo, nunca se volverá bueno. Como todo hombre malo nunca cambiará.

Sus piernas se entreabrían en el infierno, dejando pasar al *Rey de las Tinieblas*.

–Se ha vuelto pequeño y ha entrado. Ahora está dentro de mí –decía mientras se acariciaba la gran barriga que ahora la atormentaría para siempre.

Sassy empezaba a cantar *Nancy's vicios*. Iba más colocada que nunca y en cualquier momento podía caer inconsciente en el escenario. El público gritaba su nombre, la multitud se emocionba y ella seguía cantando:

Nancy juega con sus cabellos
convencida que todo acabará así.
Nancy se abandona a sus vicios para soportar las ansias de encontrar a Sid vivo, de encontar a Sid muerto.
Nancy se mete heroina
porque cree que así logrará definitivamente la felicidad.
Nancy toma una pastilla para su dolor de cabeza.
La verdad está allí afuera,
puede que Nancy nunca la encuentre.
Ella camina entre lamentos, ella camina entre gritos.
¡Déjala en paz, jodido gilipolllas, déjala en paz imbécil!
Ella ha nacido para ser libre. Ella ha nacido para ser grande.

Al entrar la gente te aplastaba de inmediato. Bailaban música heavy como enloquecidos sin dejar de la mano su jarra de cerveza que nos iban pasando por la cara mientras intentábamos abrirnos camino hacia el escenario.

–Después de esto, tocará Donita. Debe estar preparándose, luego os la presentaré –dijo Dee, mientras sonreía.

–¿Bailas?–le dijo Mike a Beth, que ya se había despejado y recuperado su estado habitual. Beth le agarró la mano y los dos se fueron hacia donde estaba la gente. De vez en cuando aparecían sus cabezas entre la multitud y yo temía no volver a verlos.

Cuando giré la cara para observar lo que hacía Mike, había desaparecido.

–Dijo que se iba al servicio –me comentó Dee.

–Entonces ya no volverá, seguro que se pierde por ahí.

Bueno, ¿Qué hacemos?

–Voy a buscarte algo para beber, ahora mismo vuelvo.

Pero volvió mucho más tarde. Mientras, me quedé sola pensando si alguien se dignaría acompañarme.

Se acercó al escenario un chico con aspecto de enterrador y con dos copas en la mano.

–Por casualidad, ¿eres enterrador o algo parecido?

–No ¿por qué?

–Por nada. Oye ¿te vas a beber las dos copas?

–No.

–No te importaría...Mi amiga ha ido a buscar algo para beber, me ha dicho que volvería pronto, pero de eso ya hace una hora.

–Oh, bien, ten.

–Gracias.

Pensé por un momento si debía tomarme esa copa. Quizá ese tipo hubiera puesto algo en ella. Finalmente me decidí a tomármela. La vacié de un trago como hacía habitualmente.

–¿Que hacías con dos copas?

–Bueno, se la traía a mi chica, pero ha desaparecido como tu amiga.

Estuvimos hablando un rato sobre dibujos animados japoneses. Reímos mucho al comentar su manera de pasar el tiempo, pues podían pasarse 24 capítulos luchando y luego resultar que sólo había transcurrido un día.

–¿Sabes? Eres uno de los pocos chicos con quien no hablo sobre oscuridad y muerte –dije (y mira que el chico tenía cara de enterrador).

–¿Has venido sola junto con tu amiga?

–No, he venido con dos chicos más y otra amiga, pero todos han desaparecido.

–Lo siento.

–Yo también lo siento.

De entre la gente salió una joven con un sombrero verde lleno de bonitos pañuelos y un vestido largo y negro.

–¡Brad! Te estaba buscando ¿Dónde te habías metido? –gritó la chica desde lejos.

–¡Mery! ¿Dónde te habías metido tú? Yo he estado aquí todo el tiempo –le contestó el muchacho que al parecer se llamaba Brad.

–Bueno, qué más da. ¿Quién es esta? –preguntó ella.

–Esta es ...

Antes de que pudiera acabar la frase desaparecí entre la gente temiendo la inútil conversación de una simple pareja.

Su vestido azul de bailarina y su pelo rubio destacaban en el escenario de aquel ambiente oscuro y sofocante. Sassy hacía sonar canciones profundas y tristes; golpes y gritos a ritmo de un torbellino de música:

Lejos de la realidad recuerdo
la suavidad de tus manos frías
la oscuridad de tus heridas
Lejos de la realidad recuerdo

Lejos de la realidad camino
por el sendero de la confianza
más allá de la esperanza

Lejos de la realidad camino
Lejos de la realidad permanezco
junto a la fuerza de tus gritos
junto a la suavidad de tus rizos

Lejos de la realidad permanezco
Lejos de la realidad me siento

A su alrededor, los estrepitosos gritos de la gente joven animando a Sassy, la reina de la noche. Y, entre ellos, los gritos jadeantes y reales de Bruce a causa de esa bala desgraciada que el mismo se había disparado con su pistola loca. La bala le había traspasado la pierna y apenas podía respirar del dolor. Gritaba, gemía y lloraba desconsoladamente.

Kate le había perdido de vista hacía rato e intentaba abrirse camino entre la gente en busca de un desesperado Bruce que ella todavía no conocía. Le encontró medio muerto en las puertas de salida. Había un reguero de sangre. Bruce se sujetaba la herida con dolor. Kate la tapó con sus manos y besó a Bruce para calmarle. Mientras...

Sassy se lanzaba al público y se dejaba llevar por la multitud. Su locura se alejaba lentamente y todo indicaba que volvía a tener miedo. Medio aplastada por la locura juvenil, Eddie la intentaba sacar del agujero llevándola lejos del huracán de penas.

Con unos pantalones rotos y sucios, una bolsa de patatas fritas en la mano, y una abundante melena que apenas le dejaba ver, Eddie ayudaba a Sassy a quitarse el vestido.

–Apenas puedes hablar –dijo Eddie.

–Apenas puedes ver –contestó Sassy apartándole de la cara los pelos.

–No me gusta verte así, –dijo Eddie.

–¿No quieres que me coloque?

–No.

–Si no me colocara no estaría contigo –idiota, dijo Sassy llevándose las manos a la cara.

Los ojos de Eddie reflejaron tristeza.

–Es broma, me gusta estar contigo.

–Si no estuvieras conmigo, ahora estarías muerta –dijo Eddie.

–Es cierto.

La corona de violetas que llevaba Kate en la cabeza hacía sonreír a Bruce. Cada vez la encontraba más hermosa, a pesar de que se iban lentamente hundiendo en la oscuridad.

–La música ha parado –dijo Bruce.

–Sassy debe haber caído muerta –le contestó Kate, guiñando un ojo.

–Sassy nunca morirá.

–Es verdad.

La noche se revolvía en el estómago del cielo y todas las cosas que habitaban en ella se sentían confusas y tristes. Tarde o temprano acabarían muertas. Muertas y olvidadas.

A veces me pregunto cómo María la *Puritana* podía hablar tan bien de su compañero en el supermercado cuando por dentro lo maldecía con toda el alma. María trabajaba de camarera en el bar *Sanmerino* para sacar adelante a sus tres hijos, que había tenido de tres hombres distintos.

El hombre que ahora vivía con ella, "*El Sorpresas*", era un tipo alto, delgado y alcoholizado que llegaba cada noche a casa con el alma enbrutecida y salvaje cargada de bar en bar por toda la ciudad.

María le reprochaba su borrachera y se quejaba de sus miserias. El la llamaba puta y cerda y le exigía la cena. Esa bronca se repetía todas las noches. Los dos iban calentando su incontenible violencia.

Aquella noche *El Sorpresas* levantaba su brazo derecho

y lo dejaba caer sobre la mesa del comedor. Cada vez daba el golpe con más fuerza hasta que la mano le sangró. Luego, maldiciendo a Dios y a su mujer, la empezó a pegar. Gritaba, reía, lloraba y sacudía a María. De un empujón la lanzó contra el televisor, que cayó al suelo sin romperse.

La levantó del suelo y le acarició la cara dejándosela perdida de sangre. Ella empezaba a llorar y asustarse. Siguió sacudiéndola hasta tirarla de nuevo al suelo, donde le dio varias patadas. María, entre chillidos, se defendía como podía. La paliza duraría hasta la madrugada. Jadeando por el esfuerzo y agotados lo dos por la brutal batalla, él por apalizarla y ella por evitar ser apalizada, se quedaron los dos inmóviles, sentados y apoyados en la pared. *El Sorpresas* sacó un cigarrillo del bolsillo de su camisa. Lo encendió y se lo pasó a María.

De la televisión caída en el suelo se escuchó una frase de una vieja película que en esos momentos proyectaban: "*Creo que este es el principio de una gran amistad*".

Alan subía las escaleras con el único fin de encontrar a Isobel. Ella, en la habitación, miraba por la ventana hacia los palos de la luz que parecían gigantes que la observaban. Creía que ellos también pensarían lo que todos. Alan se acercó y la besó. Luego le contó el sueño que había tenido sobre ella y su amiga Sofía, aquella que había desaparecido hacía tiempo.

"sólo quiero estar un ratito en el porche,
mirando como poquito a poco se tuerce la noche,
voy a tocar otra vez esta canción
antes que estemos los dos muertos o algo mejor"

En medio del corazón de ambos se encontraba ese vacío que con el tiempo los había unido. La rareza de Isobel inundaba la habitación y la estupidez de Alan también. Isobel recordaba aquellos tipos con los que había estado los últimos años y que tan mala suerte le habían traído.

–¿Te has fijado en mis pies, Alan? Todavía sienten, como antes.

–Es verdad, parecen estar tristes. ¿Cómo lo haces?

–No lo hago, están tristes de verdad.

–Deberíamos hacer algo Isobel, últimamente no hemos salido de casa.

Isobel no contestó, pero sabía que Alan tenía razón, mucha razón.

"ven y vamos a dar una vuelta en mi coche nuevo
pasearemos nuestra sonrisa por todo el pueblo,
repartiremos confeti en la estación,
antes que estemos los dos muertos o algo mejor"

El poli estaba en el suelo más muerto imposible, y todos los testigos confirmaban que había sido asesinado por alguien que había huido en un *Chrysler* de color marrón oscuro.

–Cómo has podido, no te había hecho nada.

–Sí que me había hecho algo.

Alan lloraba en el asiento trasero del coche asustado como nunca. Su asesina amiga sonreía al volante y culpaba a la poli de todos sus males.

–No te preocupes, no va a pasar nada. Ya está, no llores más –se decía a sí mismo Alan mientras se frotaba las manos nerviosamente.

"Este idiota se piensa que puede llamarme muñeca,

soy capaz de jugar al ping-pong en su cabeza hueca,
voy a subirme a la noria a decir adiós,
antes que estemos los dos muertos o algo mejor,
antes que estemos los dos muertos o algo mejor,
antes que estemos los dos muertos ...
o algo mejor..."

La canción de Cristina Rosenvinge dejó de sonar en la radio del coche. Ese último verso encajaba muy bien en lo que pensaba Isobel respecto a su situación. Siguió sonriendo mientras cogía la carretera que los llevaría a la feria.

Mentía, mentía otra vez para desencadenar esa clase de locura que llevaba dentro. Eddie, con una mirada triste, intentaba comprenderla y comprenderse pero, cada vez que estaba a punto de conseguirlo, algo oscuro y brusco le confundía de nuevo y le apartaba de ese sentimiento.

Con sus mentiras, promesas y besos ella seguía atrapándole en esa vida. Estaba atado a sus pequeñas piernas, a sus mentiras, a sus besos. Todo era oscuro y decadente. El tiempo en que vivían estaba lleno de suciedad y polvo que les atormentaban. El humo de sus cigarros les ahogaba, pero ni siquiera se daban cuenta. No sentían, no creían estar ni siguiera vivos. De nada había valido su fuga al bosque para intentar de nuevo ser libres. No sé la respuesta al por qué no lo consiguieron.

Todos los fantasmas, demonios y venganzas trepaban por los pechos de ella sonriéndole, besándola los labios, los párpados y el cuello. Ella creía que era querida, deseaba ser querida.

En cuanto a Eddie, rondaba por su laberinto oculto y los gritos de aquellos seres que le miraban le resonaban por los oídos como murmullos de tinieblas dirigidos a un hombre que ya no podía sentir.

Corrían tiempos muy fríos en Alaska, que sólo invitaban a meterse en cualquier bar sucio y apestoso para pescadores y cazadores de focas. En uno de estos antros, Polly levantaba sus hermosos pechos blancos, bailaba, jugaba con su pelo y dejaba ver su pequeña *K* tatuada bajo los pechos. Aquellos tipos, fuertes, duros, grasientos y guarros la miraban desnuda pensando que era otra más. Pero ella era un ángel. Un ángel en el infierno. Tras la actuación, habló con sus amigas y Katy, la preferida de todos esos tipos, la invitó a su casa. Ella aceptó y se convirtió en otra. Se besaban en el cuarto de baño. Reían y esnifaban continuamente coca.

–Vivo llena de dolor desde pequeña. Soy sucia, soy una rata.

–No lo eres Katy, a mí me pareces maravillosa.

–Tú no lo entiendes.

–Sí que lo entiendo, quizá yo tenga más dolor dentro

que tú. Porque tú eres la mejor para todos. En cambio, yo no soy nada.

Katy llevaba un anillo en el dedo índice. El anillo era resultado de una historia muy larga que Katy no contaría.

–¿Te has fijado que esta *K* de aquí puede significar tu nombre?

–¿Qué significa de verdad?

–Kurt.

–¿Quién es?

–Quien era, querrás decir.

–Lo siento.

–No lo sientas. Está muerto y tú no lo conocías. Ahora esta *K* significa Katy Kurt.

George, el encargado del bar, le había dado poca pasta esa noche a Polly porque según él había estado espantosa. En cambio Katy le había parecido estupenda.

Aquella pareja de ángeles sucios y perversos, tristes y cansadas de tanta basura, se escaparon del camino de toda chica malherida, cogieron sus cosas y se marcharon lejos, pero nadie les aseguraría, ni siquiera ellas mismas, que nunca más volverían a esas vidas. Y así ocurrió. Volvieron. Primero en Japón, más tarde en Taiwan y ahora aquí en Seattle.

"Todo el mundo está en un sueño
De lo que quieren y a quién necesitan
Para sentirse bien, para estar vivos
Para borrar las palabras que desprecian

De un cerebro estruendoso que duele enseguida
Y sólo una vez para vivir otra vez
Cuando esa situación se pone en medio
El cerebro soñador se monta una jugada
Para echar todo por los aires"

Iggy Pop, *Fuckin' Alone*

La encontraron muerta junto al lago. Había bebido, su insaciable sed de oscuridad la había llevado derechita al otro mundo. Me dijeron que parecía haber sido violada pero no me dijeron por quién. ¿Había sido violada por la muerte?

Siempre llevaba el pelo suelto y unos pantalones ajustados que marcaban su pequeño e indefenso trasero. Se creía todo cuanto le contabas. En cuanto apareció aquel tipo, ella pensó que sería el hombre de su vida, pero en verdad tan sólo era un agujero lleno de oscuridad. Y allí fue donde la condujo. Llena de fantasías locas se quedó sola. Sola con una guitarra que él mismo le había enseñado a tocar; sola frente a una multitud de chicos con la única esperanza de ser libres.

–Es muy duro ser joven hoy en día y ella abrió las puertas para que nos entendieran –decían algunos mientras lloraban por su absurda muerte.

Eddie lloraba al recordar como su sombrero fue a parar sobre la cama. Eddie mantenía su absurda creencia en maldiciones. Eso había sido: los sombreros sobre la cama traen mala suerte.¡Lo sabías! ¡Lo sabías! repetía Eddie como un poseso. Sin embargo, ¿quién más que él mismo había llamado al diablo para que se la llevara?

Por qué...¿Dónde se había escondido el amor esta vez?

Me hablarás sobre aquello, me dirás que querías hacerlo hacía tiempo. Todos pensamos en hacerlo alguna vez, ¿verdad? Me creeré todas las mentiras que digas sobre tus amigos y sobre tus verdaderos enemigos. Luego me darás algo para escapar, un billete al *Nirvana* sin retorno.

Hablaremos. Tu presencia dará crédito a todas mis futuras intenciones y más tarde te diré que siempre quise ser como tú, pero nunca nadie me dijo que no lo fuera.

–¿Eres mi amiga?

–Para siempre.

Los reptiles crecientes, sordos y distantes nacerán de nuestras almas muertas y ellos, los hombres, advertirán por fin que somos más fuertes. Sencillo, fácil, sorprendentemente fácil, tras la puerta contigo, tras la puerta junto a Marilyn, tras la puerta con Marilyn.

Todos los días alguien desaparece y cae en el mundo de los sueños, se oculta en fantasías perdidas en un paraíso de fuerzas. El amor para ellos es el ojo del destino y el mayor alivio del mal causado involuntariamente por aquel inmenso amor y cariño que ahora ya sólo se encuentra en el recuerdo.

Han recibido amor y un maravilloso beso en sus vidas y todos saben más de lo que nadie conoce. Un agujero se encontrarán en su muerte, lleno de sombras e imágenes perdidas. Jamás intentaron ser fuertes y ahora la muerte los hace pagar por ello haciéndoles trabajar en el sendero de las nubes sin fin. Nada tiene explicación en este mundo de locos.

"La gente trata de estafarnos
tan sólo porque andamos sueltos.
Las cosas tienen un aspecto muy frío
y espero morirme antes de llegar a viejo.
Esta es mi generación, baby"
The Who, *My generation*

Creían que todo había acabado. Intentaron escaparse de sus angustias y miedos pero no pudieron. Creían que era la solución más fácil. Habían hablado sobre muerte, oscuridad, mierda y sobre Kurt Cobain. Así que no fue difícil.

Cogieron las pistolas y pensaron varias formas de hacerlo. Kate le quería demasiado y no podía dejar que se dañara antes. Igualmente Bruce la quería, por lo tanto tampoco podía dejar que lo hiciera ella primero. Tampoco podían dispararse mutuamente ya que se querían demasiado. Finalmente agarraron las pistolas y se apuntaron a la cabeza convencidos de que todo acabaría así. Contaron hasta tres y...¡¡¡BOOMMMMM !!!

La habitación se tiñó de rojo intenso. Ella no había podido apretar el gatillo. Recogió su cuerpo del suelo y puso su cabeza sobre su corazón. Sus eternas lágrimas se mezclaban con la sangre y el dolor.

–¡Dios! ¿Por qué se ha quitado la vida? Qué será de mí ahora sin su alma. Quería destruirme, quería destruirlo todo. Por qué demonios algo me impidió apretar el gatillo. Quiero morirme. Voy a pagar por todo lo que le he quitado. ¿Qué haré ahora sin él? Creo que estoy muerta sin él.

Dee era una pelirroja que rondaba los treinta y dos años, llevaba el pelo corto y un montón de maquillaje que impedía ver su rostro herido. Hacía unos años había tenido una hija, una bonita niña de ojos azules. Un problema que Dee pudo solucionar enseguida aunque "malamente", como ella siempre decía, pues dejó a esa niña de ojos azules bajo un puente en lugar equivocado. Así que con los años, esa misma niña de ojos azules ahora se había convertido en una prostituta con ojos azules.

La chica tenía quince años y no pensaba dedicarse a la calle para siempre. Amber se sentía sucia y desgraciada y el único sabor que le encontraba a la vida era gracias a su novio John.

–Tengo que contarte algo Amber. Hemos planeado un asunto que puede que nos saque a todos de la mierda en que estamos metidos. A ti también. ¿Conoces ese bar de la costa llamado *Sanmerino*? Rigoberto y Ernesto, los cubanos, han estado allí muchas veces y dicen que está lo suficientemente alejado de todo para que nosotros podamos llevarnos fácilmente toda la pasta que tengan.

–¿Quieres atracar ese bar, cariño? ¿Te has vuelto loco? ¿Y si os pillan?

–No nos cogerán.

–Pero la pasta que robéis apenas os servirá para vivir un par de meses.

–Con que saquemos para gasolina que nos lleve a México ya es suficiente. Así saldremos de este basurero. ¿O prefieres esta mierda de vida que llevas?

–Prefiero esta mierda de vida contigo que esta mierda de vida contigo en la cárcel.

El día era soleado y plácido, el perfecto día para ir a la feria. Isobel se mostraba cada vez más arisca y despectiva con Alan, que miraba asustado a través del cristal del coche. Tan pronto abrió la puerta, Alan salió huyendo, pero ella no se molestó en ir tras él. No temía que la denunciara a la poli ni tenía ningún compromiso con él. No tenía ningún compromiso con nadie. En su vida sólo existía ella. Nadie a su alrededor. Todo por el simple placer de estar sola, comprometida consigo misma y con nadie más.

"En un corazón lleno de polvo
vive una criatura llamada lujuria
que sorprende y asusta
como yo
como yo
Mi nombre Isobel
casada consigo misma

mi amor Isobel
viviendo consigo misma."
Björk, *Isobel*

El día en la feria fue maravilloso. Isobel se lo pasó divinamente subiendo a todas las atracciones que quiso. Qué pena que le robaran el coche justo cuando se disponía a bajar de la noria después de haber estado subida en ella durante tres horas seguidas.

–Los demonios hacen cola para trabajar conmigo –dijo John.

–Los demonios se han cansado de esperar –le replicó Amber mientras abría la puerta de la calle y se encontraba con que no había nadie tras de ella.

Amber se sentaba junto a John y le sonreía dulcemente, cruzaba las piernas, le acariciaba los pies y exclamaba: tienes los pies fríos. John apartó la larga cabellera rubia de Amber mientras le introducía en la boca una píldora azul.

–Vamos a pasar una buena noche juntos, cariño.

La piel joven de ambos brillaba en la oscuridad de la habitación. Amber jugaba con los rizos castaños del pelo de John. Los dos decían cosas confusas mientras soñaban con palacios de hielo y escaleras brillantes que cortaban como cuchillas de afeitar. Un gato negro y sigiloso entró por la ventana. Amber sintió su suave piel por las piernas y luego el gato se acurrucó junto a John. La noche pasó lenta y susurrante. Con tan sólo quince y dieciocho años, esos jóvenes miserables intentaban escapar del mundo turbulento en que vivían.

"Hay una mariposa Monarca muerta en la acera de Ozona. La brisa se la lleva de acá para allá. Durante todo el día han estado estrellándose contra mi parabrisas, dejando salpicaduras rosadas y doradas en el cristal. He visto a una de ellas que caía a plomo desde el cielo y chocaba contra el asfalto de la Highway 10 East. Debe ser la época del año en la que tienen que morir".

Sam Shepard, *Crónicas de motel*

Melissa había cogido de nuevo su viejo *Chevrolet* después de superar el miedo a la muerte. Mientras conducía observó un hermoso campo de girasoles. El aire que entraba por la ventana le golpeaba la cara, pero a pesar de eso sentía calor. Agitaba su trasero como un pez para impedir que se quedara pegado al asiento debido al sudor.

Su corazón iba a la misma rápida velocidad que el coche ¿Volvía a tener miedo a la muerte? Su cara, de ojos verdes y largo pelo negro, iba perdiendo su encanto conforme pasaba el tiempo. Mordía su labio inferior y se repetía: vas a llegar viva a la cita.

Había quedado con su amante, una mujer 25 años mayor que ella, de pelo rubio que solía llevar recogido en una larga trenza y unos tristes ojos azules que escondía bajo unas gafas oscuras. Se llamaba Pepita Dolores del Río, pero lo había cambiado por "*Pasión*", que era el nombre con el que todos los hombres la conocían como la gran estrella del cine porno. Había empezado ese oficio a los 14 y hasta ahora todo marchaba bien.

Estaban citadas en un bar de la costa norte de California llamado "*Sanmerino*". Sentada en una mesa junto con su perro Tracy y un cigarrillo en la boca, "*Pasión*" escuchaba una canción de Bob Dylan que no había oído en su vida.

En esos momentos, un *Chrysler* pintado de marrón oscuro aparcó frente el bar. Tres tipos con bolsas de papel en la cara y pistolas en las manos bajaron del coche y entraron al bar mientras otro se quedaba al volante.

–¡Todo el mundo quieto! *El Diablo* nos ha nombrado este bar de mierda para atracarlo y acojonar a todos los que estáis tomando alguna cosa.

–Tú, la de la caja, pon toda la pasta en esta bolsa y deja de llorar ¡Imbécil! No te va a pasar nada si lo haces bien.

–Y mete también una botella de Jack Daniels y un par de coca-colas...y chicles de esos azules.

–Tú, la de la gorra, coge esta bolsa y recoge la pasta de toda esa gente. A quien no quiera colaborar le vamos a pegar un tiro que le va a entrar por la oreja y salir por el culo.

–Tú, dile a tu perro que se calle de una puta vez.

Una sirena de la policía alertó a los atracadores.

–¡Mierda, John, la poli!
–Quién ha llamado a la poli, ¡Joder!

Melissa oía las noticias por la radio de camino a su cita con *"Pasión"*:

Varios individuos armados y con bolsas de papel en la cara acaban de atracar el bar de la costa "Sanmerino". La policía no ha podido detenerles. En su fuga han asesinado a cuatro personas y un perro que se hallaban en el bar. Las víctimas han sido identificadas como: Jack Burton y María West, cocinero y camarera del bar, así como a las clientas Rosa Fernández y Pepita Dolores del Río, dueña del perro al que también han matado. Lo sentimos mucho por los familiares o amigos de las víctimas.

A Melissa le dio un vuelco el corazón. Estaba conmocionada, asustada y sorprendida. Al cabo de un momento se limpió las lágrimas de los ojos, cogió la botella de whisky medio vacía que siempre tenía escondida en la guantera del asiento y bebió un largo trago para luego estamparse contra un camión cisterna porque *"quien se quita la vida se quita el miedo a la muerte."*

Beky, que contaba con algo más de quince años, paseaba por las calles pensando si alguna vez encontraría a su propio chico de pelo largo.

–¿Tienes fuego, Beky?

–Sí.

–Gracias –Nick le preguntaba, cada mañana lo mismo cuando Beky pasaba por la calle Seams Steems.

Nick tenía 18 años. Era bajito y guapo. Tenía una novia de veinte que ya estaba harta de ir de juerga con su joven novio.

–Creo que al final me habré de liar con tías como tú. Mi novia está harta de mi movida. Se está haciendo vieja.

En el alma sedienta de amor de Beky se abría una especie de puerta, pero se cerró de golpe cuando Nick pronunció:

–¡No, mejor más maduritas!

Maldito Nick, pensaba Beky mientras se llevaba el cigarrillo a la boca.

–¡Mierda, tendré que dejar esta porquería! –le dijo a Nick, después de tirar el cigarrillo a sus pies.

Hacía unos meses que Polly había llegado a Seattle y ya sentía dentro las almas de los millones de suicidas que había en la ciudad. Katy se había largado con un chulo hacía semanas. ¡Apáñatelas solas!, le dijo antes de marcharse. Polly estaba destrozada y triste, después de ser traicionada por la mujer en la que más confiaba.

Serían cerca de las ocho de la mañana cuando Polly vio entrar a una jovencita por la puerta de la cafetería donde siempre desayunaba.

–¡Hola Beky! –dijo el camarero.

–Hola Jason, qué tal.

Polly se quedó mirando a Beky, mientras le servían un vaso con cacao.

–¡No andes con esos tipos, Beky, un día te van a meter en un problema!

–Es lo que quiero Jason. Mi vida empieza a ser un poco aburrida.

Polly se quedó con la voz de aquella chica que desde ese momento vería todas las mañanas.

Donita, la cantautora, tomaba el sol en la cara sentada al borde del muro que separaba nuestro apartamento de la zona del bar. A su lado estaba Sue viendo como escribía canciones que hablaban de hombres perversos y Tom su novio, doce años más joven que ella, tocaba la guitarra torpemente intentando sacar algo parecido a notas musicales.

El ambiente se fundía en una cadena de suspiros de aburrimiento. Decidimos ir a buscar diversión por separado. Donita y Tom encontraron en su buzón una propaganda de un parque de atracciones ambulante, así que decidieron ir allí.

Jim y yo optamos por matar el rato acudiendo al museo municipal. Nos acercamos a un grupo en el que una guía iba explicando la historia y el significado de los cuadros. Tenía los ojos oscuros igual que su pelo liso y no muy largo, la nariz respingona y labios entreabiertos cuando no hablaba... Era amable, hablaba educadamente, sonreía con frecuencia y nos hacía creer a todos que se mostraba buena con nosotros porque éramos encantadores, pero eso no era así. Yo sabía que su sonrisa no era sincera. Por un momento nos imaginamos que todos nos ocultábamos debajo de su falda; chicos y chicas, profesoras, visitantes y bebés.

Se mostraba amable, ¿por qué?

Mientras contaba la historia de cada estatua, parecía tener una especie de sufrimiento interior. ¿Era una perturbada?Hablaba muy deprisa pero todos la entendíamos. Ella creía que no nos enterábamos de sus comentarios y abría los ojos como una pregunta sin palabras.

Todos queríamos abrazar a cada una de las estatuas. La chica también. Todos lo queríamos, pero estaba prohibido.

–¿Has tenido algún novio, Polly? –dijo Beky.

–Estuve casada.

–¿Cómo se llamaba?

–Kurt. ¿Y tú?

–¿Yo qué?

–Que si has tenido novio.

–No, pero he estado muchas veces enamorada.¿Has visto a aquel chico bajito que está todas las mañanas en la esquina de Seam Steems? Ese tipo está como dios, pero es un idiota. ¿Crees que fumar es malo a mi edad?

–Yo he hecho cosas peores a tu edad, Beky.

Beky miró por la ventana de la casa de Polly y vio pasar a ese tipo con el que había intentado hablar tantas veces sin lograrlo.

–Mira Polly, ven.

–Qué.

–¿Ves a ese tipo que pasa? Es un jodido cabrón. Le pasa mierda a Nick y a mis amigos, pero cómo está de bueno el tío.

Beky desvió su vista hacia el Club Stelle. Sabía lo que pasaba en ese club por las noches y también sabía que Polly trabajaba allí desnudándose delante de la gente. Pero nunca hablaba del tema con Polly, temía que eso se convirtiera en un problema entre las dos.

Transcurrió un tiempo y Polly se convirtió en una especie de madre para Beky. Nada había cambiado, todo seguía igual: un tiempo agonizante, triste y amargo que arrastraba a los seres más débiles a la penumbra.

Cada día, al pasar por la tienda de tabaco veíamos al vendedor de diarios sentado en su silla de ruedas y sin piernas.

–Debe ser un ex-soldado de Vietnam –comentó Elian

–No, es un indio mágico –dijo Dee–. Augusto, el vendedor de tabaco, me contó cómo perdió las piernas: el hombre se llamaba Hidatsa y pertenece a la tribu de los Apsarokes o Crows. Hidatsa era el indio más rápido de su tribu y seguramente el más rápido de todos los indios o quizá el más rápido del mundo. Un indio mágico que cuantas más ganas tenía de correr más corría; cosa normal porque eso pasa con todo. La diferencia es que Hidatsa aumentaba cada vez más su velocidad hasta el punto de superar al avión más rápido del planeta. Un día Hidatsa aceleró demasiado y desapareció. Después de un tiempo Hidatsa apareció de nuevo. Explicó que tanta había sido su velocidad que había traspasado los límites del tiempo y llegado a los espacios de la muerte, para volver otra vez al mundo de los vivos. Dijo que esa había sido la experiencia más terrible de su vida. Unos días después, Hidatsa se cortó las piernas para no correr nunca más.

El *Chrysler* estaba aparcado frente al bar. Roy esperaba dentro pensando en la cita con su hermano en Los Ángeles. De vez en cuando miraba hacia el bar, pero apenas podía ver lo que ocurría en su interior. De repente sonó un atronador tiroteo que lo sobresaltó. Puso sus manos en el volante y sus botas militares apretaron el acelerador pocos segundos después de que todos subieran al coche.

La escopeta de John había destrozado los sesos de María la "*Puritana*" acabando con su cruda vida. Los clientes se escondían debajo de las mesas, pero eso no impidió que uno de ellos muriera. Todos salpicados de sangre, todos escarmentados, todos con gritos y quejidos, todos lamentando haber estado allí aquella tarde.

–¡Mierda!, ¿qué ha pasado? ¿por qué habéis disparado como locos a todo el mundo? –preguntó Roy.

–No sé, aquel perro no paraba de ladrar. Le disparé a él, pero la bala también le dio a la mujer –dijo Rigoberto.

–¿Y por qué diablos disparasteis a la camarera?

–¡Intentaba avisar al coche de policía que al final pasó de largo! –replicó John.

–Además el cocinero salía con un hacha para atacarnos –dijo Ernesto–, no tuvimos más remedio que disparar si queríamos salir de allí.

–¡En menudo lío nos hemos metido!

–No te preocupes, nadie nos ha visto largarnos en este coche.

–¿No podías haber robado en la feria otro coche mejor que esta porquería de *Chrysler*?

–Era el más fácil. Aquella rubia colgada se había dejado las llaves puestas...

–¡Joder Nick, no me hagas eso, es asqueroso!
–A mi ex-novia le encantaba que se lo hiciera.
–Tu antigua novia era una guarra.

Nick llevaba una enorme navaja en el bolsillo. Según él le servía para defenderse de la gentuza del barrio, pero no se daba cuenta de que con tan sólo 18 años también formaba parte de aquella gentuza. Se besaban apasionadamente ante la puerta del supermercado donde trabajaba el hermano mayor de Beky.

El tiempo pasaba y aquel pirado de Nick quería salir de Seattle, no para buscar respuestas, sino para escapar de la basura que le rodeaba. Así que cuando tuvo el dinero y la oportunidad, se embarcó junto con Beky rumbo a Australia. Beky nunca llegó a Australia. Algunos dijeron que la habían lanzado al mar, otros que se tiró por la borda del barco cuando un día se peleó con Nick y éste le dijo que ya no la quería.

Polly se había quedado de nuevo sola, sola sin esa chica a la que consideraba su hija. Y todo por seguir a un maldito muchacho que quería irse lejos de sus miserias. Cuando recibió la noticia de la desaparición de Beky en el mar, Polly sintió que algo se rompía dentro de ella. Se encerró en su apartamento y con una furia de loca empezó a romperlo todo. Lloró desconsoladamente y gritó, gritó hasta perder la voz pidiendo que le devolvieran a su hija.

"Pequeño pez, gran pez
que nadas en el agua
vuelve aquí hombre
y devuélveme a mi hija."

P.J. Harvey, *Down by The Water*

Llevábamos ya un buen rato esperando en la carretera. No sabíamos los motivos. Debía haber un control policial, según decían. De seguir allí parados no podríamos llegar a la cita en Los Ángeles con Roy, el hermano de Mike.

–¿Qué pasa Jim?

–No sé.

–¿Crees que es un control policial? ¿Llevas drogas?

–No.

–¿Lleváis drogas?

–No –dijeron Beth, Mike y Elian.

–¿Por qué no sales a ver qué ocurre, Jim? –dije.

Jim no contestó, estaba más nervioso que yo y cabreado, muy cabreado. Elian miraba por la ventanilla, sus ojos brillaban más que nunca, no había pronunciado ni una palabra en todo el viaje, debía estar mareada como yo. Elian es bonita por dentro, tan bonita por dentro como por fuera, tan hermosa de lejos como de cerca, tan bella de frente como de perfil; ella es la más bonita, sobre todo cuando se pone la flor en la oreja izquierda y sonríe; sobre todo cuando mira con sus preciosos ojos azules. Tiene un pequeño espejo en la mano y se está pintando los labios. Me gusta estar con ella porque habla bien, porque es buena conmigo y con todos; porque habla suavemente, porque es lista. Su novio también es el más guapo de todos, más guapo que Jim, más guapo que Cris; el más guapo.

En la radio sonaba la canción *Roadhouse blues* de The Doors:

"Mantén tus ojos en la carretera, las manos en el volante.
Sí, vamos a la caravana y vamos a pasarlo
realmente bien.
Me desperté esta mañana y tomé una cerveza.
El futuro es incierto y el final siempre está más cerca."

La policía había cruzado los coches en la carretera 412 y esperaba que llegase el *Chrysler* marrón. Un coche patrulla les había avisado que se dirigía en esa dirección. Había identificado el coche que según la denuncia de los testigos era el de los asesinos del policía muerto cerca de la feria.

–Tener cuidado con esos cabrones. Han matado a uno de los nuestros. Al menor movimiento sospechoso tirar a matar.

Roy vio demasiado tarde los coches cruzados en la

carretera. Pisó el acelerador a fondo tratando de pasar por fuera.

–¿Qué haces Roy?

–¡Mierda!

–¿Qué coño pasa John?

Sonó una tormenta de disparos. El coche acabó estrellándose contra un árbol. Todos estaban muertos, acribillados, todo estaba lleno de sangre... La radio del coche saltó de golpe; una voz penetrante leía algunos versos de *Oración Americana*:

"¿Sabes de qué forma pálida y estremecedora llega la muerte?
A una hora extraña, sin anuncio ni previsión
como una invitada demasiado amistosa
que te has llevado a la cama.
La muerte nos convierte en ángeles y nos da alas
donde sólo teníamos hombros suaves como garras de cuervo..."

Por fin los coches empezaron a ponerse en marcha. Pasamos junto a varios vehículos de la policía. Había un coche estrellado contra un árbol. Pensamos que se trataba de un accidente y era el motivo del atasco.

–Ten cuidado Jim, esta carretera parece muy peligrosa. Ya has visto esto, y acuérdate de ese otro accidente kilómetros más abajo, aquel *Chevrolet* empotrado contra el camión cisterna.

En Los Ángeles estuvimos esperando mucho tiempo a Roy, pero no acudió a la cita.

Tenía en mis manos la entrada al concierto y pensaba guardarla como un recuerdo para toda la vida, pero tan pronto entré en la sala, y después de conseguir colocarme en un sitio lo bastante próximo al escenario, se me cayó al suelo y fue imposible recuperarla entre tanta gente. Iba de la mano de Jim. A su lado estaban Mike y Elian. A la entrada, Beth había desaparecido entre el tumulto.

Vi salir a Cortney Love y a su grupo. El corazón se me había subido al cuello de la emoción. Empezaron con *Miss World* e inmediatamente el público empezó a botar. Jim tiró de mi brazo y nos pusimos entre la multitud que bailaba dándose golpes. Mis pies estaban muertos de tantos pisotones.

Cortney en el escenario enseñaba su escote y cantaba: *"Soy la chica que conoces, que no puede*

mirarte a los ojos. Soy la chica que
conoces tan enferma que no lo intenta."

Jim me estaba besando cuando la gente nos arrastró. Jim se cayó al suelo. Yo gritaba e intentaba encontrarle, pero no le veía por ningún lado. La gente seguía dándose golpes y me empujaban hacia el escenario.

"Soy la chica que deseas
que no puede mirarte a los ojos.
Soy la chica que conoces
y miente, miente, miente."

Sentí como un mareo. Fue un momento eterno. Cuando abrí los ojos ya estaba junto a la valla de seguridad con un tipo sobre mí. Intenté salir de allí. Me costó mucho abrirme paso entre empujones y golpes. Fue entonces cuando vi a lo lejos a Mike y Elian. Sólo unos metros me separaban de ellos. Intenté acercarme a donde se encontraban, pero otra avalancha de gente me devolvió de nuevo junto a la valla.

"Soy Miss World, que alguien me mate.
A nadie le importa, amigo mío.
Mira como me rompo,
mira como me quemo.
A nadie le importa, amigo mío."

Me agarré a la valla y no me solté de ella en todo el concierto para impedir que la multitud me volviera a llevar lejos. Ver a Cortney Love en persona era realmente maravilloso; aunque estuviera en ese momento sola, aunque estuviera perdida, aunque no encontrara a mis amigos, aunque tuviera infinitos problemas hirviéndome en la cabeza.

"He hecho mi cama y me acostaré en ella.
He hecho mi cama y moriré en ella.
Chicas asesinas miran y yo como éter.
Engúlleme, quizá para siempre, amigo mío.
He hecho mi cama y me acostaré en ella.
He hecho mi cama y lloraré en ella.
He hecho mi cama y moriré en ella."

Me quedé junto al escenario hasta que toda la gente abandonó el concierto. No vi a mis amigos. El coche ya no estaba donde lo habíamos aparcado. Estuve andando durante un tiempo por las calles tratando de encontrarles, pero fue inútil. Habían desaparecido, los había perdido. Tenía la sensación de haber llegado a un fin. Buscaba experiencias y respuestas. Las experiencias habían sido buenas y malas, pero las respuestas seguían sin aparecer. Quizá habría que volver a casa "*donde quiera que ésta se hallase*".

"Este es el fin, maravilloso amigo,
éste es el fin, mi único amigo,
el final de un plan elaborado,
el final, de todo lo que existe.
El final, sin seguridad y sorpresa,
El final de la risa y las mentiras blandas,
El final de la noche en que intentamos morir,
el final, ya nunca volveré a mirar en tus ojos..."

The Door, *The End*